CATALOGUE

de deux collections d'Objets d'art d'Extrême-Orient

appartenant à des amateurs

Céramique de la Chine et du Japon

Importantes pièces d'Ivoires Japonais

BRONZES

BOIS SCULPTÉS — ARMES — LIVRES ET ESTAMPES

Argenterie Française — Cristaux — Pendule

PORCELAINE – ETC.

Dont la vente aura lieu à l'HOTEL DROUOT, Salle n° 9

le Jeudi 7 Mai 1914, à 2 heures

Me VICTOR HUBERT
Commissaire-Priseur
19, rue la Reynie

M. ANDRÉ PORTIER
Expert près le Tribunal civil
24, rue Chauchat

Chez lesquels se distribue le présent catalogue.

EXPOSITION PUBLIQUE

HOTEL DROUOT, Salle n° 9, le Mercredi 6 Mai 1914, de 2 h. à 6 h.

CONDITIONS DE LA VENTE

La vente sera faite expressément au comptant.
Les acquéreurs paieront 10 % en sus des enchères.

L'expert assistant aux expositions se met à la disposition de MM. les Amateurs qui voudraient lui confier leurs ordres d'achat.

Collection de Mademoiselle C***, de Liège,
ayant appartenu à l'Amiral C***

CÉRAMIQUE

1. – Garniture de cinq pièces : trois potiches et deux vases-cornets, en ancienne porcelaine japonaise d'Imari (Arita), à décor d'oiseaux et de bouquets fleuris en émaux bleus, rouges et ors.

XVIIIe siècle. Haut. 30 cm.

2, 4. – Trois bouteilles piriformes, à long col, en ancienne porcelaine d'Imari (Arita), offrant un joli décor de glycines et de bouquets variés.

Haut. 25 cm.

5. – Deux potiches basses, en ancienne porcelaine d'Imari (Arita), décorées en relief sur un fond fantaisie d'oiseaux Hôo stylisés.

Haut. 18 cm.

6. – Récipient en forme d'un hanap, en ancienne porcelaine d'Imari (Arita), à décor de personnages et de motifs fleuris.

7. – Boite à thé couverte, en ancienne porcelaine d'Imari (Arita).

8. – Petite théière en porcelaine d'Imari (Arita), à décor fleuri.

9. – Coupe creuse, en porcelaine d'Imari (Arita), offrant un décor similaire.

10. – Cinq tasses et six soucoupes, en porcelaine d'Imari (Arita), à décor de médaillons stylisés et de fleurs.

11. — Trois tasses et une soucoupe, offrant un décor similaire.

12. — Trois tasses et leurs soucoupes, décor similaire.

13. — Trois tasses et leurs soucoupes, décor similaire.

14. — Deux tasses et leurs soucoupes, décor similaire.

15. — Deux coupes de forme carrée, les angles coupés, offrant un décor de paysages variés.

16. — Quatre coupes creuses, à décor fleuri, en porcelaine de Chine. XVIIIe siècle.

17. — Six assiettes plates, offrant un même décor, en porcelaine de Chine. XVIIIe siècle.

18. — Six petites gargoulettes, à décor fleuri, en porcelaine d'Imari (Arita.)

19. — Deux plats, en ancienne porcelaine de Chine, famille rose, offrant un décor fleuri.

20. — Deux autres plats, plus petits, offrant un décor similaire.

21. — Deux petites coupes, en ancienne porcelaine de Chine, à décor de personnages et de motifs fleuris.

22. — Boîte à jeux, en laque incrusté, contenant environ cent dix jetons en nacre, très finement ciselés de sujets variés.

DIVERS

23. — Petit coffre en écaille et garniture métallique ciselée.

24. — Éventail en ivoire, décoré d'un scène à la chinoise.

25. — Petite boîte à jetons en ivoire de Canton.

26. — Étui à aiguille en ivoire de Canton.

OBJETS D'ART EUROPÉENS

27. — Quatre salières en argent, très finement ciselées, d'un décor Louis XVI. Poinçon du Vieux Paris. *En règle.*
Poids : chaque

28. — Moutardier, accompagnant les salières précédentes. *En règle.*
Poids :

29. — Deux bouts de table en argent, style Louis XVI. *En règle.*
Poids :

30. — Huilier en argent, style Empire. *En règle.*
Poids :

31. — Pot à lait et sucrier, en métal argenté, style Empire.

32. — Petite bonbonnière, en porcelaine de Saxe.

33. — Service en vieux Lille, décor à fleurettes, comprenant : une cafetière, un sucrier, un pot à lait, dix tasses et douze soucoupes, Louis XVI.

34. — Douze verres à bourgogne, en cristal de Liège.

35. — Deux compotiers, sur piedouche élevé, en cristal taillé.

36. — Très jolie pendule, style Empire.

36 *bis.* — Deux très belles armoires anciennes, hollandaises.

Collection appartenant à M. C***

IVOIRES JAPONAIS

37. — Grand groupe en ivoire représentant un personnage aux longues oreilles fortement lobées, debout sur un dragon ailé : il a la main droite levée, abritant les yeux qui semblent regarder au loin, la main gauche abaissée tenant un sistre à anneaux, attribut des bonzes mendiants.

Le dragon repose sur un ornement en forme de vagues écumantes.

Pièce d'une grande finesse de sculpture.

Signé : *Shinkwô.* Haut. 76 cm.

38. — Groupe en ivoire sculpté, représentant un saint personnage élevant dans sa main gauche une petite chapelle d'Amida pour la mettre hors d'atteinte d'un dragon, agrippé à la robe du bonze.

La main droite tient un sistre à anneaux.

Très fine sculpture.

Signé : *Toshitaka.* Haut. 70 cm.

39. — Grande figure en ivoire sculpté, représentant une divinité guerrière, Choki? tenant sur le poing gauche levé un oiseau sacré, la main droite soutenant une lourde hallebarde dont la base repose sur un oni étendu à terre qu'elle paraît écraser ; un autre oni armé d'un glaive tente vainement de dégager son ami.

Socle en bois, laque rouge, remontant derrière la divinité comme une auréole de flammes.

Haut. 71 cm.

40. — Grande figure de Kwannin, debout sur le lotus sacré à double couronne de pétales, tenant d'une main le vase fleuri. La tête est couronnée d'un large diadème orné de motifs en pendeloques.

Signée : *Meidô.* Haut. 60 cm.

41. — Divinité guerrière, Choki? un énorme fauchard à la main, en quête d'onis (diablotins), semblant regarder au loin s'il ne peut ajouter une nouvelle victime à celle qu'il écrase sous son pied.

Signée : *Ikkwô.* Haut. 45 cm.

37
38

42. — Autre divinité guerrière, la main droite reposant sur une épée droite, *Ken*, la main gauche élevant sur une couronne de lotus une énorme boule de cristal, que semble menacer un dragon enroulé autour des jambes du personnage.

Signée : *Hôshun* (*Toyoharu*). Haut. 52 cm.

43. — Grand vase formé de la partie large de la défense, entièrement sculpté d'une scène où s'agitent de nombreux guerriers luttant avec acharnement et se poursuivant sous les pins, au bord des flots.

Haut socle en bois sculpté.

Signé : *Kwôgyoku*. Haut. de l'ivoire : 50 cm.
Avec socle : 85 cm.

44. — Chapelle portative surmontée d'une petite figure d'Amida devant l'auréole *Chakra*. Le toit est finement sculpté de motifs de lotus stylisés, les parois de la chapelle de scènes à saints personnages.

A l'intérieur, une petite figure d'Amida entourée de deux serviteurs.

Signée : *Kôsai*. Haut. 45 cm.

45. — Figure d'un saint personnage très finement sculpté, accompagné d'un dragon, dont la queue dressée sert de support à une petite figure d'Amida debout sur le lotus sacré, devant l'auréole *funagoku*. Le bonze tient à la main un sistre à anneaux.

Signée : *Munenari* (*Sôsei*). Haut. 38 cm.

46. — Jeune femme, une hotte dans le dos, venant de repiquer du riz.

Signée : *Hisayuki*. Haut. 35 cm.

47. — Figure de Kwannin, richement vêtue, debout sur le lotus sacré : elle tient d'une main le vase d'ambroisie, de l'autre un lotus épanoui, une écharpe court sur ses épaules ; sur la poitrine, une riche ornementation en pendeloques.

Signée : *Ryûseki*. Haut. 35 cm.

48. — Mousmée en promenade, un éventail à la main : sur ses épaules un jeune singe joue avec son chignon.

Signée : *Masayuki*. Haut. 35 cm.

49. — Dragon dressé sur sa queue et supportant une petite figure de Kwannin, tenant d'une main un écran, de l'autre une pêche de longévite.

Signé : *Gyokkei*. Haut. 20 cm.

50. — Deux dragons, enroulés l'un dans l'autre et dressés, soutiennent une petite figure de femme demi-nue, serrant sur sa poitrine une boule.

Signé : *Ryûsen*. Haut. 38 cm.

51. — Deux pêcheurs viennent de tendre sur le tronc d'un arbre mort un énorme filet de pêche, qu'ils disposent avec soin.

Signé : *Gasan*. Haut. 36 cm.

52. — Figure d'oni (diablotin), tenant sur la tête une petite image de temple bouddhique renfermant une divinité entre deux branches de lotus ; il s'appuie de la main droite sur un énorme battant de cloche.

Signée : *Kwôzan.* Haut. 31 cm.

53. — Deux éléphants, disposés en pyramide sur une sphère, soutiennent l'image d'un petit temple bouddhique.

Signé : *Kwammin.* Haut. 34 cm.

54. — Petite figure de Kwannin enrubannée, debout sur le lotus sacré, dans une attitude recueillie, tenant d'une main un rosaire, de l'autre la tige d'un lotus.

Signée : *Shu et Ju.* Haut. 29 cm.

55. — Sur un tronc d'arbre et dans les rochers sont groupés de nombreuses divinités : sur la plateforme supérieure, Fudo, un glaive à la main, devant l'auréole *funagoku.*

Signé : *Hôshun* (*Toyoharu*). Haut. 30 cm.

56. — Petite figure de fillette enrubannée, debout sur les plis de son écharpe.

Signée : *Ryûitsu.* Haut. 24 cm.

57. — Figure de l'un des Nyô, demi-nu, la figure menaçante, élevant dans sa main gauche une figure de Choki, un glaive à la main, et serrant rageusement dans la main droite l'attribut du dieu du Tonnerre.

Signée : *Kwômin.* Haut. 24 cm.

58. — Petite figure de bonze assis sur un rocher, tenant d'une main le sistre à anneaux, de l'autre tendant le bol à aumônes (patra).

Signée : *Kwôitsu.* Haut. 17 cm.

59. — Groupe de pêcheurs ayant attaqué une énorme pieuvre, qu'ils frappent de leurs javelots.

Signé : (Cachet manqué). Haut. 21 cm.

60. — Groupe en ivoire, représentant un pêcheur revenant de son travail, réparant son filet étendu sur une croix de bois : près de lui, un petit garçon emporte les poissons capturés.

Signé : *Gyokushô.* Haut. 24 cm.

61. — Choki, le tueur d'onis, élève de la main droite un brûle-parfums, duquel émerge la tête d'un diablotin que le dieu a ligotté dans le récipient.

Signé : *Ryûkwô.* Haut. 25 cm.

62. — Un oni qui a dérobé l'image d'un temple bouddhique, la rapporte sur sa tête, cependant que de nombreux petits onis jouent, juchés sur le temple ou disposés à ses pieds.

Signé : *Gyokushû.* Haut. 22 cm.

63. — Un personnage, revenant de la promenade, son enfant sur le dos, est attaqué par une pieuvre trident, qui lui enserre les mollets.
Signé : *Biju*. Haut. 20 cm.

64. — Jeune femme revenant de la promenade, son enfant sur le dos; ce dernier tient à la main une ficelle à laquelle pend un cerf-volant.
Signé : *Baishun*. Haut. 20 cm.

65. — Jeune femme, son enfant sur le dos, s'amusant d'une énorme boule fleurie, qu'elle tient à la main.
Signé : *Shinsei*. Haut. 20 cm.

66. — Groupe représentant un personnage, finement sculpté, soufflant dans une conque, à la grande joie d'un garçonnet debout à ses côtés.
Signé : *Hôraku*. Haut. 20 cm.

67. — Nombreux personnages groupés autour d'un autel supportant une figure de Fudo, debout sur le lotus, devant une auréole de flammes, tenant d'une main le glaive, de l'autre le lacet.
Signé : *Gyokushu*. Haut. 19 cm.

68. — Pièce similaire à la précédente, représentant de nombreux enfants, jouant autour d'un autel de Kwannin.
Signée : *Kwôshun*. Haut. 15 cm.

69. — Enfant, juché sur le dos d'un oni, s'amusant d'un crabe que ce dernier tient sur sa main droite.
Signé : *Matsuran*. Haut. 17 cm.

70. — Le seunin Gama, debout dans les rochers, s'appuyant d'une main sur son bâton, de l'autre soutenant son crapaud juché sur ses épaules.
Signé : *Bimei* (*Yoshiaki*.) Haut. 17 cm.

71. — Le seunin Lie tie Kwai, venant d'exhaler son âme, qu'il envoie faire son éducation religieuse auprès de Lao tseu, dans le paradis bouddhique.
Signé : *Isshun*. Haut. 18 cm.

72. — De nombreux personnages jouent autour d'une énorme nasse.
Signé : *Kwôsei*. Haut. 16 cm.

73. — Un personnage, à califourchon sur la tête d'un énorme poisson, dressé sur les flots, lit un manuscrit.
Signé : *Beishi*. Haut. 19 cm.

74. — De nombreux personnages sont en extase devant une figure de Kwannin, debout sur le lotus sacré, dans l'attitude de la charité.
Signé : *Gyôkushu*. Haut. 19 cm.

75. — Un pêcheur sourit à la vue d'un poisson qu'il vient de capturer.
Signé : *Tôgyoku*. Haut. 17 cm.

76. — Jeune femme et son enfant, assis sur son épaule, s'amusant à la vue d'une belette et d'un lapin qui paraissent danser.
Signé : *Ichigyoku.* Haut. 16 cm.

77. — Le fabricant de jouets, assis au milieu de son stock.
Signé : *Hôshin.* Haut. 10 cm.

78. — De nombreux onis s'amusent autour et sur un gigantesque portique.
Signé : *Gyokushû.* Haut. 13 cm.

79. — Sennin pèlerin tenant d'une main un long bâton, de l'autre une pêche de longévité.
Signé : *Meisei* (*Akimasa*). Haut. 13 cm.

80. — Un pêcheur, qui avait entr'autres prises ramassé une coquille d'amabi, en voit, à sa grande surprise, en sortir une foule de petits personnages.
Signé : *Tenzan.* Haut. 17 cm.

81. — De nombreux petits personnages sont groupés autour d'une énorme conque marine.
Signé : *Chû.* Haut. 9 cm.

82. — Deux jeunes femmes se promenant, une ombrelle à la main.
Signées : *Gyokkwô.* Haut. 13 cm.

83. — Deux jeunes femmes debout, l'une tenant une fleur, l'autre un éventail.
Signées : *Gyokusei*, *Gyokkwô.* Haut. 13 cm.

84. — Jeune femme se promenant, portant ses deux enfants.
Signée : *Gyokkô.* Haut. 13 cm.

85. — Jeune femme en promenade, son ombrelle d'une main, son éventail de l'autre.
Signée : *Gyokkwô.* Haut. 13 cm.

86. — Groupe de dieux regardant l'un d'eux qui élève un bol d'où jaillit un dragon.
Signé : *Harutoshi.* Haut. 12 cm.

87. — De nombreux enfants jouent avec une énorme ancre, abandonnée à marée basse.
Signé : *Tadamasa.* Haut. 2cm.

88. — Pêcheur, vêtu d'un manteau de feuilles, revenant de la pêche, son enfant sur le dos. A la main, il tient une branche aquatique.
Signé : *Masa* (*Sei*). Haut. 16 cm.

89. — Le marchand d'instruments de musique.
Signé : *Hoshin.* Haut. 14 cm.

90. — Personnage revenant de la pêche, portant sur son dos une petite tortue.
Signé : *Setsuzan.* Haut. 14 cm.

91. — Personnage, un aviron à la main, se défendant contre un crabe qui vient de lui sauter à la figure.
Signé : *Hôsai.* Haut. 16 cm.

92. — Le sennin Gama, dans les rochers, une branche fleurie à la main, l'autre soutenant son crapaud qui lui met une feuille sur la tête.
Signé : *Yûhô.* Haut. 15 cm.

93. — Nombreux personnages jouant avec un énorme panier, sur lequel quelques-uns sont juchés.
Signé : *Toshitada.* Haut. 15 cm.

94. — Nombreux personnages juchés dans un gigantesque rocher.
Signé : *Gyokushû.* Haut. 15 cm.

95. — De nombreux petits personnages se sont déguisés en Daruma.
Signé : *Shicho.* Haut. 11 cm.

96. — Hotei joue avec de nombreux enfants, dont l'un est fièrement juché sur le sac, que le dieu élève au-dessus de sa tête.
Signé : *Yoshikata.* Haut. 14 cm.

97. — Pêcheur revenant de la pêche, lourdement chargé de nombreuses captures.
Signé : *Hôshiñ.* Haut. 14 cm.

98. — Marchand ambulant, accompagné d'un enfant soufflant dans une trompette pour annoncer sa venue.
Signé : *Hironari.* Haut. 13 cm.

99. — Rakan assis sur un rocher, tenant d'une main un sistre à anneaux, de l'autre tendant un brûle-parfums qui doit lui servir de bol à aumônes.
Signé : *Genichi* (*Motokazu*). Haut. 14 cm.

100. — Personnages venant visiter un temple élevé à Fudo, près duquel s'est installé un marchand ambulant.
Signé : *Shunichi.* Haut. 14 cm.

101. — Vieux couples, marchands de vannerie.
Signé : *Yeishin.* Haut. 15 cm.

102. — De nombreux personnages sont venus en pèlerinage à l'autel de la Kwannin.
Signé : *Tadayuki.* Haut. 16 cm.

103. — Choki tombant à l'improviste sur un groupe d'onis qu'il s'apprête à exterminer jusqu'au dernier.

Signé : *Gyokushû.* Haut. 10 cm.

104. — Personnages attaqués par un dragon volant.

Signé : *Seireki.* Haut. 16 cm.

105. — Réunion de prêtres bouddhiques tenant des attributs divers et disposés en pyramide.

Signé : *Masatoshi.* Haut. 13 cm.

106. — Jeune femme se promenant, accompagnée de ses deux enfants juchés sur son dos.

Signé : *Gyokugetsu.* Haut. 13 cm.

107. — Pêcheurs et ses enfants prenant dans un filet les poissons retenus par une nasse, à marée basse.

Signé : *Shunpô.* Haut. 10 cm.

108. — Personnages jouant avec une énorme cloche.

Signé : *Shinji.* Diam. 12 cm.

109. — Le dieu du bonheur, accompagné de trois enfants.

Diam. 9 cm.

110. — Enfants entourant un cheval sur lequel est juché un personnage et ses deux enfants.

Signé : *Shunyô.* Diam. 11 cm.

111. — Groupe en ivoire, *très finement sculpté*, représentant un personnage accroupi, très effrayé à la vue d'une souris qui court sur son dos.

Signé : *Shôdô.* Diam. 8 cm.

112. — Personnage agenouillé devant son établi, fabriquant des tubes de pipes.

Signé : *Shizukuni.* Haut. 8 cm.

113. — La barque (*Takarabune*) des dieux du Bonheur.

Signé : *Masayuki.* Diam. 7 cm.

114-117. — Quatre petits groupes : différents métiers.

Signé : *Masakuki.* Diam. 10 cm.

118. — La barque des dieux du Bonheur, sur laquelle ces derniers sont disposés en orchestre.

Signé : *Kwanichi.* Diam. 14 cm.

119. — Colporteur et enfant.

Signé : *Getsuyei.* Haut. 7 cm.

120. — Balayeur et enfant.
Signé : *Kagetsu.* Haut. 7 cm.

121. — Personnages menaçan[illegible]urant et défendant le char impérial.
Signé : *Kyôu.*

122. — Personnage entouré d'onis, les mains jointes, suppliant.
Signé : *Masatoshi.*

123. — Pêcheur et enfant.
Signé : *Kôsui.*

124. — Vieille femme frappant sur un tsuzumi suspendu à son cou.
Signé : *Gyokuzan.*

125. — La barque des dieux du Bonheur, à proue de dragon.
Signé : *Masakazu.*

126. — Personnages attaquant une sorte de crocodile-dragon.
Signé : *Masakazu.* Diam. 18 cm.

127. — Trois petits personnages buvant.
Signé : *Masatoshi.*

128. — Le char du shojo, buveur de sake.
Signé : *Ryôzan.*

129. — Personnage et enfant.
Signé : *Kagetsu.*

130. — La barque des dieux du Bonheur fendant les flots écumants.
Signé : *Gyokuzan.*

131. — Pêcheur et enfant.
Signé : *Hakuro.*

132. — Fukuroku, Benten et deux enfants.

133. — Les dieux du Bonheur se traînant mutuellement dans une charrette à bras.
Signé : *Kwôga.*

134. — Pêcheur et enfant.
Signé : *Kafû.*

135. — Petits personnages sur une coquille d'awabi.
Signé : *Masakazu.*

136. — La barque des dieux du Bonheur.
Signé : *Kyôji.*

137. — Groupe de chimères au milieu des pivoines.
Signé : *Chôunsai Gyokumin.*

138. — Personnages luttant et s'amusant avec divers attributs.
Signé : *Masatoshi.*

139. — Petits personnages portant une sorte de temple bouddhique.
Signé : *Segwai.*

140. — Oni se balançant sur une liane.

141. — Yojiro, montreur de singes savants.
Signé : *Munemitsu* (*Sôkwô*).

142. — Groupe de masques accolés.
Signé : *Tomochika.*

143. — Trois petits personnages au bord des flots.
Signé : *Masayuki.*

144. — Choki, Yebisu et Daikoku, capturant un gigantesque tengu.
Signé : *Gyokuzan.*

145. — La barque des dieux du Bonheur.
Signé : *Gyokuzan.*

146. — Personnage jetant des pois frais à un oni épouvanté.
Signé : *Kyôgen.*

147. — Petit personnage portant sur son dos un énorme melon.
Signé : *Ichigyoku.*

148. — Fukuroku-jin et un enfant.
Signé : *Sôgen.*

149-151. — Un lot de huit netsuke divers (animaux).

152. — Groupe en voire teinté, représentant une agglomération de châtaignes, dont quelques-unes mangées aux vers. Excellente imitation, comme patine.

153-154. — Deux netsuke en bois : oni déguisé en Hotei, bonze et grelot de temple.

DIVERS

155. — Vase en bronze japonais décoré et ciselé en haut relief de deux vautours sur un rocher.

Haut. 40 cm.

156. — Inro à trois cases en laque *ro-iro*, décoré en laque *taka makiye* d'un jeune garçon accroupi près de son bœuf.

XVIIIe siècle.

157. — Inro à trois cases en laque rouge, décoré au laque d'or de motifs fleuris.

XVIIIe siècle.

158. — Inro à trois cases en laque *kinuji*, décoré dans le style de Kworin, avec incrustations de nacre et de burgau, d'un tigre dans les bambous.

159. — Inro à quatre cases en laque *ro-iro*, décoré en laque d'or et *togi-dashi* d'un faucon sur un tronc d'arbre, près d'une cascade.

XVIIIe siècle.

160. — Inro à quatre cases en laque *nachiji*, décoré en laque brun et laque d'or d'un arbre en fleurs.

Début du XVIIIe siècle.

161. — Inro à trois cases en bois naturel de Hinogi, à patine d'écaille, sculpté de personnages sous les pins.

162. — Inro à quatre cases en laque *nachiji*, décoré en *togidashi* de barques sortant du port.

163. — Inro à trois cases en laque noir, décoré au laque d'or d'un couple de cigognes dans les roseaux.

XVIIIe siècle.

164. — Inro à quatre cases en laques divers, offrant un paysage de style chinois, avec rehauts de paillons de nacre.

XVIIIe siècle.

165. — Inro à trois cases en métal argenté, finement ciselé et gravé de fleurettes.

166. — Petit inro à trois cases en métal argenté; *ojime*, ciselé d'une figure de Daruma. Bouton netsuke en ivoire.

167. — Boite écritoire en laque *nachiji*, décorée en relief d'or et incrustations de nacre, de branches fleuries stylisées.

168. — Petit cabinet minuscule en laque d'or, décoré d'un vol de grues.

169. — Boite rectangulaire en laque d'or, offrant un décor similaire.

170. — Boite à parfums en laque *nachiji*, décorée au laque d'or d'un personnage portant un lourd fagot sur la tête.

171-175. — Une jolie collection de quatorze peignes (*Kushi*) en laques variés, offrant des décors divers.

Sera divisée.

176. — Quatre bols à riz couverts, en laque rouge, joliment décorés au laque d'or de poissons et de branchages de pins.

177. — Un bol à riz couvert, en laque rouge, décoré de branchages fleuris en laque d'or.

178. — Trois coupes à sake, formant garniture, en laque rouge, décorées au laque d'or de coqs sur des taïko.

179. — Petit cabinet en laque blanc coquille d'œuf, décoré au laque d'or d'oiseaux et de motifs fleuris.

180. — Deux oreillers (makura) en laque noir et laque doré, avec coussinet d'étoffe.

181. — Petit coffret en bois marqueté imitant l'ivoire, offrant un décor fleuri.

182. — Grelot de temple en bois laqué rouge.

183. — Nécessaire pour toilette comprenant la boite à miroir, le porte-miroir (et le miroir) en laque noir, décoré au laque d'or de rinceaux fleuris stylisés.

184-200. — Une intéressante collection de quarante netsuke divers finement sculptés et offrant des sujets variés.

Sera divisée.

BOIS SCULPTÉS

201. — Chapelle portative en laque noir, à pentures de cuivre, offrant un groupement de nombreuses divinités.

202. — Autre chapelle portative en laque noir, à pentures de cuivre, offrant une figure de Kwannon en bois sculpté et doré, assis sur le lotus sacré.

203. — Nécessaire de fumeur en bois sculpté.

204. — Pochette à tabac en bois sculpté, décorée en incrustations diverses de deux des sauvages survolant un marais.

205. — Pochette à tabac en cuir, décoré en application d'ivoire d'une tête de mort. Étui à pipe et pipette.

206. — Pochette à tabac en étoffe, étui à pipe en corne sculptée et pipette.

207. — Pochette à tabac et étui à pipe en cuir, avec pipette.

208. — Deux étuis à pipe en bois sculpté.

209-211. — Une collection de huit petites pipettes japonaises diverses (Sera divisée).

212. — Deux encriers portatifs en bronze ciselé.

213. — Tube en bambou sculpté de motifs fleuris.

214. — Grande figure de Kwannon enrubanné en bois sculpté et doré. Le dieu est représenté debout sur le lotus, devant l'auréole Chakra, tenant d'une main l'image d'un petit temple bouddhique.

Haut. 70 cm.

215-218. — Deux petites figures en bois sculpté, offrant des divinités diverses.

219. — Groupe en bois sculpté représentant un temple adossé aux rochers.

220. — Masque de vieillard en bois sculpté.

MÉTAUX DIVERS

221. — Une paire de vases, la panse quadrilatérale, en émail cloisonné, décorés sur fond blanc de chimères jouant au milieu de motifs fleuris divers et stylisés.

Haut. 36 cm.

222. — Personnage debout en bronze et émaux cloisonnés de Canton.

Haut. 45 cm.

223. — Petite figure, de patine verte, représentant une mousmée en promenade, accompagnée d'un jeune chien qu'elle tient en laisse.

Haut. 39 cm.

224. — Très joli groupe en métal richement incrusté de métaux divers, représentant un éléphant caparaçonné portant sur son dos une urne couverte sur laquelle danse une petite souris.

Haut. 32 cm.

225. — Figure en bronze représentant Amida assis sur le lotus.

Haut. 34 cm.

226. — Figure de Cakya Muni, en bronze doré (Thibet).

Haut. 30 cm.

227. — Figure en bronze représentant un Samuraï debout, un éventail à la main.

Haut. 26 cm.

228. — Quatre petites tasses et leurs soucoupes en émaux peints, sur cuivre, à décor de personnages.

229. — Petit vase-cornet, décoré en haut relief d'un bouquet fleuri, partiellement émaillé.

230. — Petite figure de Kwannin de la Mer, assise sur un rocher.

231. — Chimère debout, en bronze d'antimoine.

CÉRAMIQUE

232. — Deux vases-cornets en porcelaine de Chine, décorés dans les émaux de la famille rose, de la scène des Cent Enfants.

Haut. 40 cm.

233. — Grand vase à décor de bouquets fleuris.
Style de *Kienlong*. Haut. 45 cm.

234. — Autre vase-cornet à décor fleuri polychrome, en réserve sur fond vert.

Haut. 45 cm.

235. — Théière en porcelaine bleu et blanc, décorée d'un paysage.

Haut. 25 cm.

236. — Figure en grès japonais représentant Hotei, ventru et souriant

Haut. 40 cm.

237. — Deux statuettes en grès émaillé.

Haut. 32 cm.

238. — Deux statuettes en terre chinoise polychromée.

Haut. 25 cm.

239. — Petite figure du dieu de la Longévité en grès émaillé.

Haut. 12 cm.

240. — Petit brûle-parfums en porcelaine céladonée de Seiji.

241. — Coupe en Satsuma, à décor fleuri.

242. — Figure de Rakan en grès non émaillé.

243. — Quatre petits groupes en grès émaillé et cloisonné, représentant des maisonnettes japonaises, aux toits de chaume.

ARMES DIVERSES

244. — Casque en fer formé de soixante-quatre lamelles de fer, rivées par des clous saillants.
Ouverture, *hachimanza*, formant un chrysanthème épanoui.

245-260. — Une intéressante suite de trente gardes de sabres diverses (quelques-unes provenant de la vente Ed. Mène).
Sera divisée.

261-263. — Une série de cinq garnitures *fuchi et kashira*, finement ciselée.
Sera divisée.

264-280. — Une importante collection de quarante sabres et de six poignards japonais, d'une très bonne qualité.
(Ces armes ont été groupées pour la commodité du catalogue, mais elles seront vendues par lots de deux ou trois pièces).

281. — Deux fusils à mèche, japonais.

PEINTURES, ESTAMPES, LIVRES

282-283. — Six kakémono, offrant des décors variés, par *Toyokuni*, *Keisai Yeisen* et *Kikugawa Yeizan*.

284. — Neuf affiches de théâtre japonais.

285-290. — Une collection de cent-vingt estampes diverses, par *Toyokuni*, *Kunissada*, *Kuniyoshi*, *Yeisen*, *Yeisan*, etc.
(Sera divisée).

291. — Douze triptyques de la guerre sino-japonaise.

292. — Dix triptyques divers.

293. — Album contenant vingt-neuf estampes. *Hiroshigé*.

294. — Autre album du même artiste.
(30 *estampes*).

295. — Autre album du même artiste.
(30 *estampes*).

296. — Autre album du même artiste.
(30 *estampes*).

297. — Autre album du même artiste.
(*17 diptyques*).

298. — Autre album du même artiste.
(*23 estampes*).

299. — Trois volumes (scènes légères), par *Toyokuni*.

300. — Un album (scènes légères) attribué à *Kyosai*.

301. — Un album (scènes légères) attribué à *Kunissada*.

302. — Trois albums (scènes légères) attribué à *Kunissada*.

303-305. — Une collection de cinquante pochoirs japonais.
Sera divisée.

306. — Sous-verre japonais représentant trois gracieuses Japonaises.

307. — Tenture en broderie japonaise, représentant en jolies tonalités un cours d'eau s'enfuyant entre deux berges fleuries, animées d'oiseaux.

Larg. 2 m.
Haut. 1 m. 50

308. — Deux coussins en broderie annamite, jaune sur fond cerise, à décor de dragons et de nuages.

309. — Lots omis au présent catalogue.

Imprimerie Berger-Levrault, Paris-Nancy.

www.ingramcontent.com/pod-product-compliance
Ingram Content Group UK Ltd.
Pitfield, Milton Keynes, MK11 3LW, UK
UKHW020409190726
13838UKWH00006B/2336